KB231733

회상의 숲

회상의 숲
박이도 시집

문학동네

　　첫 시집 『회상의 숲』과 『북향(北鄕)』을 모아 다시 출판
하게 되어 기쁘다.

　　그 동안 절판되어 더러 참고하고자 하는 이들이 있어
도 나누어줄 수 없어 궁했던 차에 이번 회갑을 맞아 재
출판이 이뤄진 것이다. 『회상의 숲』에 『북향(北鄕)』에서
몇 편을 더 보탰다.

　　고등학교 말년에서 67년경까지의 습작 등을 모아 넣었
던 것이다. 그 당시엔 한자어를 많이 썼던 게 눈에 뜨인
다.

1998년 봄
박이도

차 례

自序

제 1 부 회상의 숲

눈물의 의무 · 11

음성 · 12

분묘 · 14

아저씨에게 · 16

가을이 온다 · 18

기러기 · 20

봄편지 · 22

회상의 숲 1 · 24

회상의 숲 2 · 26

회상의 숲 3 · 28

회상의 숲 4 · 30

회상의 숲 5 · 32

오백 년, 흐르고 바뀌어도 · 34

금빛 은빛 겨울 소묘 · 36

낱말 · 38

익사 · 39

숲이 어느 날 · 40

포구 · 42

밤 · 44

방 · 46

수인(囚人) · 49

모자 · 52

황제와 나 · 55

발견 · 61

삐에로 · 62

돌아오지 않는 화살 · 64

세례 이후 · 67

어느 여름 나절 · 70

전날 밤 · 72

노엘 · 74

수난 · 76

이 수난을 · 78

육안 · 80

제 2 부 북향(北鄕)

저 울음은 · 85

군중 · 88

메아리 · 90

북향(北鄕) · 91

가을에 · 96

오열 · 98

칠월에 날아간 새 · 100

해빙기 · 102

엽서 · 104

미로 · 106

자유 · 109

초부(樵夫)와 비둘기 · 110

스파르타의 숲 · 112

풍선 · 116

못 다한 보답 · 118

격전지 · 120

낙엽초 · 122

해설 / 홍용희 순수의 성채(城砦)· 123

제 1 부 회상의 숲

눈물의 의무

음성

분묘

아저씨에게

가을이 온다

기러기

봄편지

회상의 숲 1

회상의 숲 2

회상의 숲 3

회상의 숲 4

회상의 숲 5

오백 년, 흐르고 바뀌어도

금빛 은빛 겨울 소묘

낱말

익사

숲이 어느 날

포구

밤

방

수인(囚人)

모자

황제와 나

발견

삐에로

돌아오지 않는 화살

세례 이후

어느 여름 나절

전날 밤

노엘

수난

이 수난을

육안

눈물의 의무

눈물이 흐르고 있다는 것은
나는 아직 살아 있다는 것.
트인 하늘이며, 어느 산 밑으로 향하여
감격할 수 있는 불면의 눈은
화끈히 달아오르는 불덩이.
열망하듯 호소하듯,
그것은 귀한 보석을 지닌 것.
눈물이 흐르고 있다는 것은
아주 먼 날들을 더듬어
훈훈한 초원으로 풍기는 바람 속,
생명으로 이어오는
많이 반짝이는 별처럼
나는 아직 살아 있다는 것.
생각한다는 것.
아직 남아 있는 시간과
마음껏 주어진 자유로
어쩔 수 없이 눈물이 흐르고 있다는 것은
많은 소망으로 애무하는
이 절대한 생명의 의무.

음성

일렁이는 불길이 영혼을 사르듯
꽃을 바라보는 나비의 여울.

미루나무 그림자가 흔들리면
계수(桂水)를 지나가는 소나기 소리.

돌아오는 귓소리에 움츠린 거북 한 쌍
벼랑을 넘어서는 학(學)의 모가지가
그리워
울다 울다 목이 메었는가.

오래 전
아카시아 향긋한 등성이에서
카랑한 꽃의 울음을 실어 보내고

이제 들을 수 없는 여울 속에
하늘이 내려앉아 손짓하기에
바람 속으로 부르고 싶어라
보고 싶어라.

집 없는 물가에
울고 간 물새와 영혼은
핑그러니 눈물 고이도록
억년을 굽어오는 물결이어라.

분묘

마구 아지랑이 속을 혼미하는 유월
비석은 꿈만 같은 신화의
그 해맑은 강 위에 비치어오는
죽은 얼굴들을 거느리며
비를 오게 하지만
유월은 탓하지 않고
대지를 달군다.

곧잘 술주정뱅이들이 잠드는
훈훈한 숲속 같은 곳으로
은근히 생명의 문이 열리며
영혼을 부르는 분묘 속의
어둡고 어두운 데서 수면하는
육신은

부엉이 울음 같은 빗소리에 깨어나
하잘것없는 꽃이나 풀들을
담뿍 밖으로 피우며
몹시 빛나는 이슬을 모아
햇빛을 거느리며 산다.

화끈한 꽃바람이 불어간
반 고흐의 교외에
소풍객은 비석에 기대어
강 위에 비치어오는
죽은 얼굴들을 바라보며
생각한다.
아지랑이 오르고
비가 내리는
유월의 분묘는 한창 바쁜
우리들 영혼의 풍경이라고

아저씨에게

가을이 오면 여학교 담모롱이에서
종일 즐거운 아저씨여
철없이 설레는 마음을 가누어
생각해보세요.

석양이 빗든 음악교실은
당신의 꽃지게와 같은 곳,
팔고 남은 코스모스는
조용한 당신의 꿈. 어서
딸을 낳아 그 안에서 피어나게
웃음처럼 환한 환희의 날들을
기다려보세요.

아저씨여
저녁에 피곤한 몸으로
마지막 골목을 돌아서면
부엌에 선 당신의 아내.
한 점 떠가는 구름에 종일
기다리는 해바라기와도 같은
그 얼굴을 어떻게 감당할 것인가요.

가을이 오면 모두 산소에 들러
굽이굽이 흘러가는 세월을
울고 오듯이, 아저씨여
사랑과 황금을
적선하세요.

가을이 온다

9월이 오면
어디론가 떠나야 할 심사.
중심을 잃고 떨어져갈
적, 황의 낙엽을 찾아
먼 사원의 뒤뜰을 거닐고 싶다.
잊어버린 고전 속의 이름들,
내 다정한 숨소리를 나누며
오랜 해후를, 9월이여.

양감으로 흔들리네
이 수확의 메아리
잎들이 술렁이며 입을 여는가.

어젯밤 호숫가에 숨었던 달님
혼사날 기다리는 누님의 얼굴
수면의 파문으로
저 달나라에까지 소문나겠지.

부푼 앞가슴은 아무래도
신비에 가려진 이 가을의 숙제

성묘 가는 날
누나야 누나야 세모시 입어라

석류알 터지는 향기 속에
이제 가을이 온다.
북악을 넘어
멀고 먼 길 떠나온 행낭 위에
가을꽃 한 송이 하늘 속에 잠기다.

기러기

목이 긴 기러기는
멍울 든 내 영혼을 울어주는
나팔수

북행으로 소요하는 세월은
남향한 강물에 흘려버리며
먼산 그늘에 접어든 기러기는
어디론가 모가지를 비틀며
유유히 거두어가는 영상이
석양에 불타는 자연음계다.

첫 서리가 내리는
달빛 속을 지나며
밤하늘에 꽃 피우는
별 아닌 내 영혼을 울어주는
신묘한 주둥이.

멍울 든 내 영혼의
죄 없는 화신으로
나팔수며

기러기며
강물에 흘려버린 이야기들은
그윽한 사랑의 엽서.

달빛 속을 교향하며 대지를 향해
내 영혼의 전부를
조용히 이끌고 온다.

봄편지

인빈이
겨울 동안 내 하숙방은 잘잘 끓었네
러닝 셔츠 바람으로 한증을 했지
한때는 수도가 얼어서
아침은 더러 금식도 했지만
나는 대단한 야망 속에
겨울을 보냈네.
몇 가지 석연치 못한 문제가
나를 괴롭혔지만
낸들 어쩔 수 있었나.

인빈이
잔인한 바람 속에 울고 섰던 개나리도
이제 살며시 눈을 뜨나봐,
이때가 되면 경사가 난다고
자넨 즐거워했지?
아들이 좋을까
딸이 좋을까
한 번도 나에게 문의하진 않았지만
나는 다 알고 있다네

언젠가 산부(産婦)에 관해서
몇 마디 지나가는 말로 그랬듯이
촉촉이 처마에 긋는
봄비에 깨어나
이른 아침 종암동 로터리로 나오게,
나와서 미역이나 사 들고
그 싱그러운 냄새에 코를 부비며
이 봄을 맞게나.
입춘대길일세.

회상의 숲 1

내 회상의 숲속엔
이제 아무도 거닐지 않는다
밤바다에 닻을 내린
목선의 꿈처럼
뒤척이는 물소리에 사라진
내 어린 그림자의 행방을
이제 아무도 모른다.

조그만 손으로 눈을 가리고
호랑이 흉내를 하던 나의 과거를,
옥수숫대로 안경을 만들어 끼고
신방을 차리던 볕바른 토담에
까치옷과 부딪쳐 눈물 흘리고
나의 생가를 둘러선
밤나무 숲속에서
가슴 졸이던 유년 시대.

내 사랑의 싹이 움트고
내 지혜의 은도(銀刀)가 빛나던
밤나무 숲속,

새들의 노래는 퍼져가고
노을 속에 물드는 강물의 꿈은
멀리멀리 요단강으로 흘러가듯
그때 발성하던 내 목소리를
이제 누가 기억하고 있으랴.

회상의 숲 2

풀씨를 훑으며
들길을 건너는 아이들,
고추와 조개들이
소란을 피우는 풍경 뒤에
살아나는 하모니카 가락
밝은 수채화가
서산을 넘어간다.

풀대롱으로 콧노래하면
요술 할멈의 이상한 웃음
후득후득 뿌리는 빗소리
개구멍을 빠져나간
나의 숨바꼭질.

만주로 이사 간
절름발이 에미나
마을에도 교회에도
학교 가는 길가에도
보이지 않는 에미나
왜 보고 싶었는지,

푸른 밤의 별빛처럼
이유야 없었지.

흙담 밑에 숨어서
쭈그리고 앉아서
"안 갈랜?"
숨었다, 나왔다,
숨바꼭질하는
마을 어귀에
우리는 조숙한
이성발견자
꼬리 치는 멍멍개.

회상의 숲 3

이제 나는 돌아갈 수 없는
흘러간 시간과
흘러간 생활의
흔적 없는 나의 과거로
돌아갈 수는 없는
숲으로…….

무더운 어느 여름날
나는 깊은 우물에
발뒤꿈치를 돋우고
두레박 가득히 맑은 물을 길어
낙수처럼 마시고 또 마셨다.
동리 어귀에 선
풍향계와 같은 미루나무의
흔들리는 잎들의 그늘에서
나는 오수의 꿈을 새겼다.

껑충껑충 자라는 키
햇빛에 반짝이는 이파리들이
수다스러이 설레는 포부로

나는 엄청난 외지로 떠나고 싶었다.
내 심중에 푸른 하늘이
가라앉고 있었다.

어느 저녁답
나는 밤나무 숲속에서
조랑말 방울 소리를 들었지
놀라서 뛰어갔더니
지나가던 나그네들
그늘에 누워 피로를 풀더군,
시원한 바람 속에
그들의 얼굴엔
알지 못할 웃음이 떠오르더군.
나는 즐거이 조랑말 방울을
만져보았네.
한번 타보고 싶었네.

붉은 서천으로
달려가고 싶었네.

회상의 숲 4

밤새워 흘러가는 여울목
물소리에 풀려오는
이 가을 아침의 쾌청.
내 세밀한 손금대로
잔잔히 바라볼 수 있는
북향의 뜨락
회상의 숲속엔 커다란 미루나무가
지금도 시공의 풍류를 전하고 있는가.

무엇이라 소곤대는
울타리 너머 빨간 잠자리
아침 햇살에 목욕하듯
우물가를 돌고 돌아
철없던 내 마음속에
안타까운 욕망의 씨를 뿌리고
멀리 대목산(大睦山) 너머 압록강까지
내 음성은 번져가서
커다란 산악 앞에
경악으로 경악으로 떨어져갔네.

오랜만에 찾아오는 체부를 향해
강아지와 나는
좋아라, 뜀박질하며
밤나무 숲속으로
알밤을 주우러 갔지.

내 키만큼 위에 뚫렸던 문구멍
단풍을 주워다 새로이
창호지를 바르고 풀을 발라서
가을볕에 타는 하늘
가을볕에 타는 뜨락
박꽃처럼 핀 아낙네들이 찾아와
내 얼굴에 입 맞추고
크게 크게 웃었네.

회상의 숲 5

일몰하는 숲
유년 시절의 공상
밤의 두려움
별빛의 지혜
수수께끼
나는 동물의 일종이었다.
마구 벼랑을 떨어지며
뒹굴고 있는
꿈속의 세계에서
문밖에서 강아지를 끌어들이고
헛간 마른 풀 위의
송아지 옆에 누워 지내는 밤.

낮엔
종일 뛰어다니는
닭과 돼지와
언어가 없는 막역한 사이
흙 속에
하늘 속에
채색되는 또다른 짐승

그림책 속
만나보지 못한
많은 형상 앞에 뒹굴며
마구 벼랑을 떨어져가던
나는 동물의 일종
지금도 나는 포효한다.
깊은 계곡에 퍼져나오는
동물의 소리로.

오백 년, 흐르고 바뀌어도

세월은 흐르고
오백 년 역사는 바뀌어도
우리네 시름 별처럼 총총하다.

마지막 가신 님 따라
쥐죽은 듯 비에 젖는
낙선제(樂善齊)
고운 버선으로 내려서던
뜨락
이조의 풀씨가 자란다
마지막 황후의 말씀은
오백 년 피어오르는
아지랑이.

보릿고개 넘보는 고을마다
역사야 굴러가는 수레바퀴지만
배고픈 원근의 인정은
풀이 안 되는 우리의 설움.
사랑방 화로는
헛간에 넣어두라

아내들의 머릿속엔
징징 울려오는
수리조합 물꼬 트는 소리
기우제도 있어야겠다.
허제비 만들어
수문 위에 세워놓고
밤새워 흘러내리는
봄밤, 흙물에
무슨 사연이 흘러가는가.
오백 년 세월은 흐르고 바뀌어도

금빛 은빛 겨울 소묘

겨울 겨울
금빛 은빛 강설
밤사이 쌓인
아 나의 신부
아침을 맞는 시선
어디서 속삭여오는 신의 목소리
자넨 빠져나오게
꿀맛으로 표현되는
아내의 품속
아내의 고른 치아를 바라보듯
아침 설원 위의 강복을
나와서 누리게
나뭇가지 위에서 나는 새
미성으로 떨어져가는
눈송이의 일순(一瞬)
흘러내리는 금빛의
계시—
경탄으로 체험으로
광맥을 이루는 아침 한때
자넨 시력을 돋우고

나는 귀를 세워서
다색 자동식 엽총의
방아쇠를
가늠하고
결심하고
의식이 꿈틀대며
환희로 부서지는
전원의 지평 위
손뼉을 치면
메아리되어 돌아오는
자네와 나의 겨울

낱말

화제가 없는 주말을 간다.
내 주머니 속엔 은행이 두 알
15일이 지나면 가불이 나온다.
거리에 앉은 구두 수선공
안경을 낀 채 실귀를 찾는
그의 낡은 모자 위엔
코스모스 한 송이,
세월이 가도 늙지 않는
인생의 모습이 나는 좋다.
노래하는 '브랜다 리'의 젖가슴에
가을꽃이 한 다발,
그녀의 미소짓는 얼굴이
더 황홀하다는
화제가 없는 주말,
Der, Des, Dem, Den 정관사를 외우며
신설동 로터리를 걷던
까까머리 친구가 장가를 든다.

익사

누구와 살다 이 세상을 떠났나
못 이뤘던 사랑이 파도에 밀려나와
수런대는 갈밭에 보름달을 띄웠네.

육신은 어찌할꼬
달빛에 드러난 저 얼굴,
울고 가는 기러기 사연에
외롭다 하직하는 낙엽 속에 묻어라.

찬비 오는 하늘에 오를까
해밝은 모래밭에 누울까
의지할 곳 없는 영혼
가을꽃에 숨어라
가을꽃에 숨어라.

숲이 어느 날

먼길 떠나온 나그네
숲속에서 잠이 들었다
짙은 녹음이 깃들여
쌓아올린 여름의 성

사랑의 유희가 끝난 짐승이
낮잠 자는 이끼바위 위엔
뭉게뭉게 구름으로 솟아오르는
천개 만개의 부푼 꿈

푸른 바람으로
콧구멍 숨을 쉬는
잠든 나그네의 귓전엔
멀리 두고 온 새장 속
한 마리 새의 울음이 들려온다

지금 강가로 날아가는
자유의 새들이 고개를 넘으며
천둥 소리에 파르르 날개를 떤다

후득후득 왕빗방울이 지나고
꿈의 환영이 깨어지는
바다에서 밀려오는
파도의 도전에
숲은 신의 몸짓으로 일어서며
바람을 잡고
천둥 소리를 잡고
쏟아지는 비의 함성으로
방어진을 친다

포구

안개 속의 다도해
그곳에 파묻혀 있는 거리를
이른 새벽에 나서는
나의 건강한 시력으로
항상 마주치는 물상들.
병들지 않은 하늘과
자라는 산봉우리에 둘러싸여
나의 적은 포구는 또한
애정같이 속삭이는
앞의 바다에, 많은 섬들을 향해서
이른 새벽부터 저자를 벌인다.

밤중에 들어온 고깃배
닻을 내리고 곤히 잠들었네.
아침 햇빛에 부끄럼 없이
잠들었네.
뚝 위에 산재하고
강한 곡선의 나상,
폐선이 또한
이상한 소리로 메아리치는

아이들의 환호 속에
살아 있구나.

나의 적은 환상의 포구,
옥수수 밭에서
바라보던 노을빛 공중에
내 키보다 큰 환각의 노를 저어
애정같이 속삭이는
앞의 바다에, 많은 섬들을 향해서
떠나갈지라도

나는 오래오래 머물러 있으리.

밤

처음 그것은 미풍이었네.
꽃술을 마구 날리며
공중에 흩어져 있다가
흐늘흐늘 허물어져가는 빛의 광막
그 한가운데서
부끄러운 욕녀(浴女)의 몸짓으로
손짓하며 사라진 해.
질풍처럼 해일이 일고
별들이 일제히 몰려와
창을 부수고 창을 부수고
나의 잠자리로 쏟아져왔다.
아— 어둠 속의 바람
바깥에 자연발생하는
생명의 소리여.
스석이는 밀밭, 밀내음에 싸인
나는 숨가쁜 짐승,
소리내어 울어보았네.
회오리바람이듯
내 전신을 이끌고
어디론가 그것은 숨어버렸네.

마법의 유희로
나를 삼켜버리고
공중을 휩쓸어가는 깊은 밤,
윙윙 꿀벌의 둥지 속에는
사역의 시간이 끝나고
두둥실 떠가는 수면이었네.

방

밤이 되면
우리는 모든 커튼을 내리운다.
방 안은 모든 주변으로부터
완전한 자유를 얻는다.
그러면
희미한 달빛 속에 남아 있는
생령들은 서로들 수런거리며
불평들 한다.

능금알들은 툭툭 떨어지고
그 잎새들은
불어오는 바람을 거역하며
말하자면
커튼이 내려진 방 안에선
무엇을 하느냐고 수런거리며
불평들 한다.

따뜻한 햇볕에 나왔던 나비들이
저마다 사랑하는 꽃들을 잠재우고
돌아간 노을에

초롱초롱 별빛이 밝혀지며
이제는 환한 달밤,
어두운 방을 둘러싸고
이슬이 내린다.

멀리 개 짖는 소리에
타협하는 산울림.
먼 바다에선
파도 소리가 기를 쓰며
무거운 함성을 지른다.
어두운 방 안에선
무엇을 하느냐고
울멍울멍한다.

정말 우리는 무엇을 했던가.
어두운 방 안에서
완전한 자연 속에서.

달빛 흘러내리는 지평을
거닐며 거닐며

끝없이 뻗어간 시야에
광채를 더하자.
그리고 오래오래 생각하자
신의 영역에까지.

수인(囚人)

봄밤, 눈사태가 났다
모세관을 일깨우는
안개 속의 예감,
얼굴 가득히 햇살 비춰올
미명의 땅으로 이끌려간다
어둠 속에 들려오는 타인의 발걸음에
고독한 장단을 맞추고
잊어버린 말꼬리를 찾아서
풀이 죽어 풀이 죽어
이끌려가는 내 발길아, 내 날개야.
처진 어깨 위에
흔들리는 심금의 공포를
노래를 잊은
한 마리 명금(鳴禽)이 날아와 쪼아 먹는다

와서 내 어깨 위에 앉는다
새와 나의 대화는
징징 허공을 울리는
봄밤의 물 흐르는 소리
절벽에 떨어지는

마지막 감동
힘빠진 수인(囚人)의 몸짓.

물오른 밀밭의
환희의 속삭임을 들었는가
실바람에 입술 적시며
이슬 먹는 밀대의 음성
내 숨죽여 다다른
빈 뜨락
속삭이듯 가녀린
한 마리 새의 울음은
내 신앙의 한 부분.

먼 외계의 삼라
아침 햇살이 비추기 전
이 언덕을 넘고 밀밭을 지나
비어 있는 거실로 가자
세상과 떨어진 생활의 방에
한 마리 새여
따뜻한 깃을 펴렴

광명의 하늘로 돌아간다면
너와 나의 언약은
어둠처럼 침묵처럼
눈물뿐이 아닌 것을
아— 자연뿐인 것을
봄밤에 찾아낸 예감이여.

모자

식욕이 한창인
오후의 거리를 지나가면
레스토랑에서 새어나오는
그 냄새와
소담하는 인물들의 한가한 때,
그들의 모자는
나란히 벽에 걸려서
탐욕에 빠지든가
재산을 거래하든가
정치에 몰두하는 법이다.
금테 둘린 모자
향수를 풍기는 '필그림 모자'
그 사이에 끼여 있는
장미가 달린 모자는
아 부러워라 부러워.
모자를 애용하는
상류계급의 머릿속엔
자신 있는 야망의 번개가
번쩍이고 있는가?
소시민의 거리를 빠져나와

저 골목으로 들어가면
나는 비어 있는 주머니에
주먹을 찔러넣고
한참 동안 서성거릴 것이다.
그 냄새와
소담하는 인물들의 한가한 때,
나는 누구의 것이든
모자를 하나 훔쳐 쓰고 나와야지.
거리의 중심을 걸어가며
나의 친구
나의 숙녀
나의 선생들에게
엄숙한 인사를 하고
다시 바라보는 그들을 위해서
나는 모자를 벗어 들고
열변을 토해야지.
그러나 나의 결론은
아듀!
하늘 높이 모자를 흔들며
작별을 고해야지.

소시민의 골목으로
천천히 걸어가서
어린아이들을 위해
피리를 불며
그 한 떼를 이끌고
시청 앞으로 나가야지.
거기서 비둘기 한 마리를 잡아
모자를 씌워놓고
수수께끼를 내어주겠다.

이 모자는 누구의 것이냐?
이 모자 속에는 무엇이 있느냐?

나는 어둠 속에 돌아와
놓쳐버린 끼니를 위해
김칫국을 마시고
힘없이 쓰러질 것이다.
나의 행동을 감금하고
밤새워 참회할 것이다.

황제와 나

1

우리 황제의 눈은 원시안
무한한 식민지의 노동을 모아 제국을 세웠다.
스스로 돌아갈 웅대한 왕묘를 준비하며
그는 만족히 웃을 수밖에 없었다.

우리 황제의 눈은 멀었다.
아직 거느리지 못한 대륙을 위하여
병정을 보내고 또 보낸다. 살아 있는 한
저 멀고 먼 지평을 넘고, 수평을 넘어
끝없는 정복을 위해 살아 있는 한
그는 잠시도 왕관을 벗을 수가 없었다.
조용한 오수(午睡)의 비밀을 끝내 모르고
피로한 얼굴에 주름살이 잡혀갔다.

황제의 눈은 원시안
그의 눈은 멀었다,
그의 눈은 멀었다.

2

성 밖으로 성 밖으로 병정만 내어보내고
그는 잠시도 나설 수가 없구나.
가난한 농부의 미소를, 그리고
해마다 자라는 아이들의 노래를 들을 수가 없구나.
무성해가는 수목의 의지를
노을빛 더불어 영글어가는 과실의 풍경을 그는 볼 수가
없구나.
아 황제여 울고 싶어라 울고 싶어라.

우리 황제는 모른다. 성 밖의
그 황토와
이슬과
구름과
햇빛으로 생성되는
찬란한 또 하나의 영토를
그는 모른다.

파아란 하늘, 그 주변에 팽창하며

푸른 이파리를 거느리고
살랑살랑 불어오는 바람을 잡아먹고
확장해가는 고요한 영토를
그는 진정 모른다.

그것은 하나의 우주
제삼의 왕령(王嶺)이다.
원시의 숲 그대로 이글대는 태양과
서천에 빗든 원색의 그 성 밖에
무지개를 잇대고 공중에 떠 있는
제삼의 왕령.

3

정복이 끝난 어느 대지의 원경은 꿈.
무수한 병정의 목숨은 떠나고
피가 흐르는 꽃물 같은 석양의 강 위에
떠내려가는 노동이여. 별들이여.

그 전장에서 육신과 헤어진 혼령들이
바람에 밀리고 밀려서 성 밖에 왔다.

불어오는 바람 속에 숨어오는 넋이여
죽은 병정들이여.
당신들을 하나씩 잡아먹고
확장해가는 이 크낙한 우주를
황제는 모르는가.

제국과 식민지
그 사이에
영원한 제삼의 왕령을
그는 정말 모르는구나.

푸른 잎사귀로 설레며
지열에 붉히는 얼굴 얼굴들.

많은 생명들이 굽어보는 언덕에서
조용히 생각하여라.
지금은 없는 그들의

육신은, 핏물은
어디쯤 흘러갈 것인가를.

아 그 성 밖의 왕령은
말없이 익혀가는 내부의 밀도를
밖으로 밖으로 쏟으며
구름 사이로 배〔船〕를 저어갔다.

　　4

나는 그 안에 살고 싶다.
풋풋한 향기에 콧등을 세우고
컹컹 헛기침하며
그 과수목 밑에 앉아
이슬을 마시고 싶다.
오색 무지개도 띄우고 싶다.

텡텡 비어서 출렁대는 내 뱃가죽을
우리 황제는 모르는가.

황제와 내가
침입할 수 없는 지금,
나는 죽어 나는 죽어
다시 그 안에 살고 싶구나.

성 밖의 제삼 왕령
그 밑에 쓰러져
텡텡 비어 출렁대는 뱃가죽으로
맹꽁이 울음하는 나를 보아라.

우리 황제는 원시안
눈이 멀었다, 눈이 멀었다.

발견

이성의 깊이에서 살얼음이 깨어진다
감성의 깊이에서 풀꽃들이 흩어진다
신앙의 깊이에서 연민의 울음이
깊이깊이 나의 현실을 난타하고 있다.

지금은 발견의 때,
헌신하는 삼위는
저 어둠 속의 나그네와 같이
문 밖에 쓰러져 이슬에 젖는다.

나의 소유였던 한줄의 생명은
꿈의 저쪽으로 떨어져가고
나의 애정이었던 지상의 풀꽃들은
꿀맛 같은 입술의 환각에서 깨어나
땅거미가 지는 언덕으로

커다란 신의 그림자를 따라
불빛을 찾아 아침으로 환원하는
발견의 시간,
서둘러 이르는 곳에
또한 나의 약속이 있다.

삐에로

백주에 비를 오게 하는 사나이
그의 본명은 버트 랭카스터이든가?

저녁에 여유만 있다면
여자를 하나 소유하고
시청 앞 광장에 나와서
맥주를 마시며
원기를 회복해야지.

반도호텔 그 속에 든 명사들의 방마다
암살의 의도는 없으나,
나는 유리창을 부수며
몇 방의 총성을 울리고 싶다.
그래서 나를 완강히 제지하는
선량한 시민들과
달려오는 경찰관의 호각 소리에
휩쓸려 아우성의 도가니가 된
이 광장에
나는 소나기를 오게 할 수 있다면.

엄숙해진 그들 앞에서
오 나의 애족 나의 조국이여
나는 그대들을 위해 목숨을 걸었노라.
훗날 나의 이름은 죽지 않고
오직 사라질 뿐이라고,
슬쩍 맥아더의 동상을 뒤집어써야지,
그러면 저 친구들
혹해서
만세를 부를 거야
아 유쾌해라 유쾌해라.

통금 사이렌이 울려퍼지는 아스팔트에 누워
별을 보고 주술을 외워야지
비를 오게 해야지
나는 야망의 화신
내 어깨에 멍에를 지워라.

돌아오지 않는 화살

석양의 때, 숲속에 가면
나는 한 마리의 사슴
숨죽여 바라보는
서천의 불길에 환성을 올린다.
직립의 원목, 그 옆에 서면
나는 우뚝 선 굴뚝의 연기처럼
무럭무럭 솟아오르는 회상의 불길에
감당 못 할 욕망의
화살을 쏘아 올린다.
왕관처럼 위엄한 뿔을 흔들어
어둠이 휩싸이는 이 숲속에
나는 경종을 울리고 싶구나.
고요를 깨워서
저녁의 우렁찬 메아리로
석양 앞에 화답하고 싶구나.
이 많은 나무와
짐승과 새들의 목청을 합해서
세계의 끝까지 퍼지도록
이 숲속의 교성을
나는 지휘하고 싶구나.

날카로운 환상의 촉수를 뻗쳐
오색의 화음이 되는 꿈
그 경지에 몰입하는 자연 속에
나는 어른이 되어
불도저를 타고 싶었다.
저 산을 깎아 학교를 세우고
숲속의 모든 생명을 모아다
오케스트라를 만들고 싶었지.
단절된 바다에까지 강을 파서
맑은 강물이 흐르게 하고
나는 그 강으로 빠져나가
세계의 항구마다 들러서
축포를 울리며 대중을 모아
나는 숲속의 왕자라고 선언하고 싶었다.
그곳의 미녀들을 거느리고
개선의 귀로에 서고 싶었다.
나는 숲속의 신령이고 싶었다.
나는 세계의 패자(霸者)이고 싶었다.

나는 길가에 쓰러진 취객도 아니며
숲속을 걸어가는
한 마리 환상의 짐승도 아닌
엄청난 현실에 던져진
초탈할 수 없는 사유의 감옥에
울고 섰는 수인(囚人).
나는 이제 사슴도 아니다.
나는 이제 불도저도 없다.
또한 숲마저 빼앗긴
나의 아침
황홀했던 서천의 불길은 꺼지고
쏘아 올린 화살은 돌아오지 않는다.

세례 이후

한 고을에 노을이 진다
집집마다 골방 열쇠 잠그는 소리
밤 안개 속에 번져가는 부엉이 울음
나는 기도실을 뛰쳐나갔다
어디서 밀려오는 어둠일까
아— 저녁의 은혜 평화
먹칠하듯 어둠이 휘몰아오는 누리에
이 저녁의 숲은 비경이구나
나는 구석구석마다 뛰어갔네
거기 많은 사물을 익혀두고
마지막 현상 앞에 정지한 빛이
위대한 신앙의 표적으로 박제되는 모습을……

스석이는 바람 가을을 흔들고
잎들은 공중으로 흩어졌다
낙하했다
이 체험의 사태를
나는 여선생님의 결혼식장에서 뿌리던
꽃종이의 환희만큼 얼굴 붉히며
저기 유현의 골짜기로

좋아라 뜀박질했네.

언젠가 찰스 선교사 집에서 먹어본
밀빵의 냄새
코에 스며오는 만찬의 때
각막에 정지했던 모든 사물을
내 주머니 속에, 책갈피 속에
오래오래 숨겼다가
방마다 불이 켜지는 생가에
기쁨을 더하고 싶다.

타버린 노을 속에
모여드는 새들
퍼덕이는 깃털의 속삭임
나는 무성한 이끼바위에
머리를 짓찧고 있었지
무럭무럭 자라서 성인이 되고 싶어.

어둠 속에 생성되는 설원
손뼉을 쳤다

멀리 암벽에 부딪치고
찢겨 돌아온 메아리,
준비된 저녁 식탁의
어머님 얼굴에
주름살처럼 번져갔다.

어느 여름 나절

말할 수 없이 음산한 어느 여름 나절
나는 골목으로 피해서 돌아왔다.
후진곡(后秦曲)의 여운처럼
가벼운 걸음으로 빨리 돌아왔다.
무섭고 싫증나는 일만 생각 키우는
답답하고 지루한 하루를
징검다리를 건너가듯
훌쩍 잊어버리고 싶어서
혼자서 돌아왔다.

아무것도 모르는 채
사나운 하늘을 점치며 오다가
빗속을 뛰게 되었지.
한 마리 병아리를
우연히 발견하는 나.
두 손을 내어밀고
이리저리 쫓아가 잡은
병아리와 나는 마주 섰다.
흠씬 비를 맞고
우리의 대화는

거칠고 음침한 날씨 탓인가
서글픈 헛웃음일 뿐
찬 입김일 뿐
뾰족한 주둥이에
두툼한 입술이
가까이 마주쳤을 때
빗속으로 뛰어든 섬광,
어디선가 요란한 천둥 소리에
나는 홀로임을 깨닫고
쓰러져버렸다.

말할 수 없이 음산한 어느 여름 나절
가위눌림 같은 예감에 사로잡혀
골목을 돌아오다
병아리를 만나고
천둥 소리에 쓰러져
나는 타자의 간섭을 기다리며
허약한 손아귀에 병아리를 쓰다듬고
빗속의 골목을 가로막았다.

전날 밤

어둡고 긴 밤이다.
모두 잠이 들었는가
지금 어둠이 열리고
먼 곳 지평의 마른 풀밭에
푸른 불길이 번져온다.

저기 누가 있는가
소리 없이 오는 자여
빛을 발하며 오는 자여
모든 말씀
생명으로 불러일으키며
인간의 육신으로
군림해오는 자여

내일 해 솟는 나라마다
그대 탄생은 영광이로다
누가 꿈꾸었을까
옥합을 열어라
몇 세기가 흘렀을까
기다리다 지쳐버린

백성이여
누가 먼저 잠에서 깨어날까.

어둠이 열리고
빛을 발산하며
우리의 곁으로 오는
이 밤의 사자여
신의 말씀대로
일체의 영광을 받아주소서.

노엘
─성탄절에

누가 잠들고 있는가
이 밤의 기적을 싣고
크고 무거운 수레바퀴가
또하나 연륜을 굴리며 오시네.

흰 수염 붉은 고깔
동심의 할아버지가 오시네.
노엘 노엘
만방엔 눈발이 흩날리며
조용히 굴러오는
인자(人子)의 메아리.

바람은 잠들고
숲속엔 귀 기울인 짐승의
노랫소리
노엘 노엘
예수 탄생하셨네.

축배에 넘치는
동방인의 예물은

74

지금도 값진 인자의 것이니
기쁘다, 만백성아
모두 깨어 즐거워할지어다.

넓은 뜰에 세워진 소나무
초롱불 밝혀
노엘 노엘
잠 깨어 화평한 노래
이 밤의 기적을 싣고
또하나 연륜을 굴리며 오시네.

수난

잠자듯
조용한 바다로 나가서
빠져버릴까
서투른 솜씨로
종이배를 만들어
꽃 한 송이 실어놓고
그대 앞으로 띄워 보낼까
우리의 눈짓으론 다할 길 없는
수평의 언저리로
아롱아롱 지체 없이 떠나간
내 사랑,
두 손 모아 귀 대어라
어디서 바람이 불어와
이렇듯 조용한 대해에
주정을 부리듯 비틀거리는
긴 여름의 한때를
무엇으로 메울 수 있을까
여지없이 앗아간
우리의 신앙이
어디서 운명하는가를

온몸으로 알아야지
잊어버린 그대의 말씀
하나씩 찾아서
이 몸에 장신구처럼
소중한 생명을 찾아야지
밖으로 트이지 않는
내부의 이것을
나는 수난이라 이름하고
정신을 차려야지
정신을 차려야지

이 수난을

온 세상의 선민은
손에 손을 잡고 뛰어나오라
골짜기마다 잎들이 거역하는
인욕의 가시 면류관이
누구에게 씌워지는가를
나와서 보아라.

유대인의 왕 앞에
유대인은 역천(逆天)의 발을 구르고
유대인의 왕 앞에
유대인은 저주의 침을 뱉어
모든 말씀이 뜻대로 이루어지는 것을
나와서 보아라.

온 세상의 선민은
손을 모두어 머리 숙여라
저렇게 평안히 승리하는
수난의 얼굴에
광채를 보아라
지축이 흔들리도록

그의 고난을 통감하여라.

그의 죽음은 영광이고
그의 죽음은 만민의 생명이며
그의 죽음은 신앙의 사표임을
잊지 말아라.

'다 이루었다, 다 이루었다'
최후의 말씀을 새겨두고
우리들 가슴속에
문신을 새겨두고
이 승리의 수난을
천국에 돌려보내자.

육안

나는 볼 수 없는 곳
그곳에서 눈은 내린다
내려서 승화한다
약화하는 육안,
새벽의 숲길을 걸어
어둡고 밝은 세월은 흘러서
길가의 돌멩이가 된다.

시궁창에 흘러내리는
땅땅한 어안(魚眼)은
검정 고양이가
바삭바삭……

먼 무한의 일각(一角)을 향해
꾸물꾸물 광선은 물러서고
천상으로 환히
날아가는 방종의 비둘기들
주법(呪法)같이 몰려가는 언어들
나는 살아 있기에
나는 살아 있기에

몇 가지 기대 속에
짙은 안개 속을 건너가는
검정 고양이를 찾아
떠나왔노라.

보이지 않는 방위(方位)에서
은혜의 징후는 내린다.
이전에도
이후에도 없는
기회의 불빛은 번쩍이며
내 심상에 내린다.

나의 가장 세밀한 심상의
아, 위대한 영혼
저쪽 나라의 별처럼
보이다 말다
현세의 터부와
이해의 권외(圈外)에서
나의 육안은
불타고 있는

갈탄……
골고다의 산기슭에서
광망(光芒)의 바다는 트여온다
내 무한의 접경으로
신앙은 경건히 떠나가는
본성의 계절.

제 2 부 북향(北鄕)

저 울음은

군중

메아리

북향(北鄕)

가을에

오열

칠월에 날아간 새

해빙기

엽서

미로

자유

초부(樵夫)와 비둘기

스파르타의 숲

풍선

못 다한 보답

격전지

낙엽초

저 울음은

어디선가
한 사람이 울고 있는 것 같다.
주검처럼 조용한 이 밤을 뛰어나와
새삼 살아 있음을 깨달아보며
공허하고 엉뚱한 실재감에 타도되는
한 사람이 울고 있는 것 같다.
나의 내심에 이 울음은
성급한 불길처럼 번져서
거센 바람을 타고
저 어둠 속으로 질주하는 것 같다.

밤의 천체는 살아 움직이며
위대한 섭리 앞에 다가서는
항해.
운명같이 진척되는 고요에 싸여
어둠 속에 이끌려 나온
밖의 어디인가
지금, 한 사람이 울고 있어
북을 치고 꽹과리를 울리며
내 가슴을 찢는 것 같다.

저 울음은
신에게 굴복하는 방언인가
군중에게 항거하는 분노인가.

텅 빈 광야에서
그는 커다란 목소리로
메아리 되다가
더러는 별이 되어 반짝이며
하늘에 떠 있다가
곤히 쓰러져 잠든
나의 문 밖에
이슬이 되어 내리는
전능의 목소리로
순수의 형상으로
그는 울고 있는 것 같다.

어디선가
이 한밤의 울음은
멍든 내심에 찾아온
최후의 음성으로

가위눌림 같은 악몽의 사슬에서
나를 일깨우고 있다.
나를 일깨우고 있다.

군중

겨울 숲은 바람 소리 같다.
광장의 함성은
어디에서 어디로
그 방향이 잡혀가고 있을까
지금 우리는 수천의 비둘기떼를
멀리 쫓아버리고
텅 빈 시민의 광장에 모여
숨죽여 숨죽여 귀를 모았다.

위대한 사자(獅子)의 나팔 소리여
그대의 낱말은
너무나 눈부신 동화(銅貨)처럼
우리의 가슴 가득히 채워서
그것은 힘이 되고 보습이 되어
일몰 앞에까지 떼가닥, 떼가닥
용기로 걸어왔다.

우리의 국경은 어디이며
우리의 연방은 누구인지
사자여, 우리는 모른다.

이제 그대의 약속은
한낱 쓰러질 것만 같은
우리의 공복(空腹)이다.

넓은 광장 가득한 군중 속에
나는 외톨박이, 갑자기 무서워져
두 눈을 크게 뜨고
그대 나팔 소리의 주변을
두리번, 두리번……

메아리

내가 웃으면 모두가 웃음으로 돌아왔다.
내가 걸어가면 모두가 따라왔다.
하늘 속에 화살을 쏘아 올리면
지상의 모두는 하늘 속으로 뛰어올랐다.
내가 사도신경을 외우면
일체의 붉은 악귀가
겨울 헛간의 구석으로 몰려섰다가
반추(反芻)하는 황소의 힘을 뽑는다.
내가 노래할 때
세상은 노래 속에 잠기고
고귀한 생명이 하나 탄생한다.

북향(北鄕)

  팔월의 강산은 돌무덤 같은 것. 조용하고 두렵다. 우기의
숲속을 헤쳐가면 환상의 비늘 같은 자각의 눈이 트여온다.
아프게 뽑아버린 유치(乳齒)의 모습. 잎으로 흔들리는 시공
의 집념을…… 나는 상실하고 말았다.

  소중했던 사철나무
  지금 손안에 획득할 수 없는
  나의 세계로 돌아오지 않는 땅.
  별들의 눈물 더불어
  떨구어버린 사신(死神)의 그늘에
  그립다— 말하며
  나는 발 밑에 쓰러져버릴 것인가?

  산불 지르고 그 앞에서
  감격해 마지않던 나,
  절절한 울음으로 세계의
  한 변두리를 장악하던 나.

  지금도 눈은 내려
  나의 생가엔 아직

순박한 소작인들의 발자국 소리가
여기저기 들리는 듯,
헐벗은 아이들의 기침 소리 같은
개 짖는 소리도 들리는 듯,
휑— 하니 뚫려오는 벽이여.

해방되자 가을이 돌아왔네.
나는 죄다 기억할 수 있구나.
밤나무의 마지막 잎새를
무참히 불어오는 만주의
칼바람으로 떨구어버린
쓸쓸한 끝장을.
이유 없이 어른을 피해서
숲속으로 도망치지 않았던가.

휴전회담같이
지리멸렬하는 곳
끝간 데 없는 시계(視界)에
많은 눈이 쌓이고
지금은

아무리 골몰히 생각하여도
그때 떠나온 북향의 어디엔가
황금의 들녘에 들려오던
위대한 경적의 메아리는
이제 돌아오지 않는다.

처음 로서아 군병들이 진주하던 신작로에서 한없이 팽창
하는 환각의 세계는 나를 포용하며 지축을 흔들고 갔다. 예
감 없는 방향으로

사방으로 뚫려나간 길, 길
그들은 마차를 타고 왔다.
겨울 숲에서 사냥하는
짐승을 잡아 싣고
깡술을 마시며
마을마다 들러
달구지 바퀴를 뽑아 굴리고
저녁엔 색시들을 탐색하며
그들은 개를 때려잡았다.

푸르릉 푸르릉
창호지를 찢던 총성이
계곡을 찾아 들어가고
그들은 강음(强音)의 토착어로
노래하며 울곤 했다.
눈부신 강설(降雪)을 뚫고
맨발의 화전민 부부가 사라진 골짜기로
귀중한 해바라기 씨를 까불리며
그 숨찬 설경을 넘어서 갔다.

그때 내 소망은 무엇 무엇
지금 헤아릴 수 있으랴.
온 세계로
자유로이 떠나고 싶었지.
거대한 숲을 헤치며
보다 신비한 언어를 찾아
많은 물상에 접하고 싶었지.

어디엔가 미개지(未開地)에 다다라 진한 노을 앞에서 스스
로 무덤을 파헤치고 멀리 북향을 향해 눕고 싶다.

집시의 피리 소리,
나의 독립된 소망은
산불을 지르고 있었다.
황망히 그 앞에서 울고 싶던
내가
감당할 수 없었던
영원한 대립의 설렘 속에서도
나의 본능은 욕망으로 가득히
벅차 있었듯이
많은 환각의 유령들이 찾아와
나와 같이 놀고 갔다.
온 세계의 그것들이 찾아와
내 이웃이 되자고 했다.

가을에

라켓에 맞고 날아가는 백구(白球)
저 높은 가을 속으로 빠져버린다.
숲속에 숨은
한 마리 작은 새처럼
경쾌한 여운을 남기고
다음, 어디론가
나를 떠나고 싶게 하는
가을 하오의 운동장.

나는 가장 가까운
이웃들과 어울려
주말 등산 스케줄을 이야기한다.
운동장 밖으로 날아간 백구
이제 정적으로 조여오는
심신의 허탈감.

은빛으로 반짝이는
교실의 유리창.
내 영원한 음악이
생명으로 살아나온다.

꿀벌의 사역(使役)처럼
윙윙 퍼져오는
풍금의 바람 주머니엔
내 고백하지 못한
사랑의 밀어가 있어,
이 가을
저 수확의 풍요 속에
나에게도 결실의 언약을
허락하소서.

오열

울고 싶은 밤이다.
먼 강가에 서린 정적을
밤 낚시꾼의 헛기침이
조용히 파문지는 수면에
피를 토해 달을 그리듯
나의 진실을 울고 싶은 밤이다.

비정의 메아리로
둥실 떠버린 성좌
홀연히 나팔처럼
천지를 울리고 싶은 밤이다.

자정을 울고 섰는
저 종루 위의 시계탑에
흔들리는 잎의 속삭임을
들을 수 없는 나.

울지 않는 밤의 이웃을,
죽음이 밀려오는
황량한 뻘밭에서

울고 있는 짐승의 곁으로
파도 같은 사랑의 음성을
아, 내 울음을.

칠월에 날아간 새

칠월은 잉태의 달
공간을 뚫고서
나무의 잎들은
부푼 자유를 획득한다.
빨간 해님의 사상을
읽을 수 없는
지상의 눈먼 부엉이가
구름만한 꿈을 꾼다.
가벼운 몸무게의 양감으로
운동화를 신었다.

휘파람을 불며
숲의 중심을 가다
겨냥한 한 마리 새
무거운 칠월의
지상을 떠나간 납덩이.
낙하하는
크낙한 잎의 목숨은
빈 총구멍과
외계로 퍼져가는

메아리와
폭우 같은 고요를 남기고
칠월은 홀연히 날아간
한 마리 새를 해방한다.

해빙기

봄밤엔 산불이 볼 만하다.
봄밤을 지새우면
천리 밖에 물 흐르는 소리가
시름 풀리듯
내 맑은 정신으로 돌아온다.

깊은 산악마다
천둥같이 풀려나는
해빙의 메아리,
새벽 안개 속에 묻어오는
봄 소식이 밤새 천리를 간다.

남 몰래 몸 풀고 누운 과수댁의
아픈 신음이듯
봄밤의 대지엔
열병하는 아지랑이,
몸살하는 철쭉,
멀리에는 산불이 볼 만하다.

노오란 해 솟으면

진달래밭 개나리밭
떼 지어 날아온
까투리 장끼들의 울음으로
우리네 산야엔
봄 소동 나겠네.

엽서

내 품속엔 엽서 한 장,
아직도 말 못한 사연이
내 미간을 간지럽힌다.
겨울을 보내기 위해
나는 홀로 걸어왔네.
지상은 무변(無邊)
설레는 백설의 향수에
짧은 인사로
나는 돌아왔네.

약속하듯
엽서 한 장의 사연을 두고
다시 만나기 위해
떠나지 않았나.
겨우내 나 혼자였네.

출렁이는 해안의 설경
따스한 원탁의 저녁 불빛
그대 사랑하는 영혼의
엽서 한 장만한

방랑이었네.
노래였네.

어둠 속에 북풍 속에
마멸되는 불빛,
파산당한 겨울의 재산은
엽서 한 장의 즐거움
잊어버린 음성의 회상이다.

그대 찾아
품속에 녹여온
엽서 한 장
우수(雨水)에 띄워 보낼
내 시름, 내 소망.

미로

아이들의 잠꼬대 같은
우스꽝스러운 기분이다.
선잠에서 깨어나 손쉽게
등불을 켜들고
나는 이끌려 나가듯
교외로 나선다.
공허한 그곳엔 아무도 없구나
비어 있는 원근에
캄캄한 위력이 있을 뿐
등불을 내저으며 허청대는 다리로
나는 애써 서성이다가
지평을 가르며 안개 속으로 떠오는
햇빛을 보았다.
온몸으로 느끼며
부끄럽구나. 따스한 입김으로
등불을 끄고
근방에 누가 없을까?
가까이 흘러가는 물소리에
잠꼬대 같은 피로를 풀면서
흔들리는 중심을 해체하면서

번쩍이는 햇빛에 합장하듯
나는 애써 서성이다가

정결한 손으로 풀씨를 받으며
무심히 터져나오는 기침 소리에
놀란 듯 손을 멈추고
문득, 잊혀진 것들을 생각해내듯
나의 많은 연고자들의 음성을
식별해보는 허탈감.
'안녕하세요……'
흰 이빨을 숨기며 눈웃음을 하나
아 멀뚱한 눈으로
무관한 나의 허세여.
무엇이라 대답할까?
불가사의에 빠져서
오래오래 교외를 서성이다가
한 마리 부엉인가
한 밤을 울어도 보나
이른 새벽의 교외엔
아무도 없는 법.

비어 있고 쓸쓸한 그곳엔
어쩌다 내가
등불을 켜들고 나가서
아침 햇빛을 맞는 곳.
옛날 소크라테스의 생활을
심호흡해보는 곳.
안 그래?
그래! 그래!

자유

육감이 어둠 속에 잠긴다.
자유의 참뜻은 두려움,
완전한 자유의 비유는
수렁에 빠진 곰이나
수면을 돌아가는 백조마냥
인적이 없는 비법(非法)의 나라이다.
밤에
내가 얻는 시력의 화평
예감처럼
어디서 불빛이 밝혀지며
나와 일체의 사물은
노래하듯 큰 소리로
빛의 퇴거를 명하리라.
모든 생명체와 밤의 호흡은
끊임없는 어둠 속에
또 하나 자유의 참된 두려움이다.

초부(樵夫)와 비둘기

그 두리두리한 주둥이로
석양이 한참 이글대는
콩밭을 헤매고 있었다.

따스했던 나무 이파리들이
살랑거리며
어쩔 수 없이 몸짓하는
바람이 불어왔다.

벌목하는 수림 속에서
쩡쩡이 갈라져오는 메아리
나무 넘어지는 기괴한 음향은
마지막 햇살이 눈물겨이 내리비치는
깡마른 얼굴에 이슬이 된다.
초부(樵夫)의 손목은 또다시 파르르 떨리며
산골짜기엔 말할 수 없는 슬픔이
번져가고 있었다.

그 자유로운 강물 위에
무리지어 떠내려갈 뗏목이여

죽을 목숨이 마지막 고별하는
울음이 아니겠나.

초부는 어느 무상한 왕목(王木)의
임종을 지키고 있다가
그만 감격한 손짓으로
비둘기를 날리고 비둘기는
홀연히 날아서 마을로 들어갔다.

서서히 들려오는 징소리
산울림이었다.
어두움이 주는, 이 예감할 수 없었던
생명의 이야기.

들린다. 들린다.
환한 아침이 걸어오는 소리.
지금 초부는 하늘 높이
발돋움한 침엽수에 기대어
마을로 들어간 비둘기들을
생각하는 것이다.

스파르타의 숲

귀족 없는 숲속의 풀무집
강육(强肉)한 스파르타인의 가슴에
흐르는 땀을 보아라.
달 뜨기를 기다려
숨찬 호흡으로 달구는 금속성,
쇠망치를 높이 들어
시뻘건 불덩이를 때린다.
심산을 넘어가는 볼멘 윤창(輪唱)
그 숲속에 잠자는
금수들의 보금자리로
밀려가는 쩡쩡한 메아리.

지중해의 열광한 해조음이 밀려온다.
쩡쩡한 음계만 같은
풀무집 문 밖에
피안처럼 스몄던 노을은
어디 가고 어디 가고
이글대는 불길 앞에
숨찬 호흡이여,
별똥처럼 날아가는

휘파람이여.

활짝 문이 열린 대공(大空).

달팽이는 마지막 지열을 날리며
가벼운 풍금 소리에 귀를 기울인다.
저 신비한 달밤의 형자(形姿)
바다 멀리 밀맥(密脈)처럼 흐르는 열풍에
뜬눈으로 지새는 병정들이여.

흐뭇한 풍악으로 넘쳐오는 바람 속
문 밖에 흔들리는 이파리들의 채광은
자유로운 달팽이의 악전(樂典).
목뽑아 귀 기울인
달팽이의 자세는
아— 신전에 거하는 우리들
가슴속의 비너스.
먼 아테네의 풍악 소리에
강육한 스파르타인의 가슴엔
불이 붙는다.

불이 붙는다.

가슴 얼얼하게 징소리 울리는
바람 속

불면하는 영혼과
영혼의 눈을 씻어주듯,
너 어디서 오는가?

풍금 소리와 달팽이는
자유로운 이파리들의 채광으로
한 옥타브씩 오르내리며
심야의 결의를 부채질하는
합주단.
격양가(擊壤歌) 끊어진
아테네의 지혜를 유혹하며
긴장하는 불야성,
스파르타의 숲속에
흐르는 땀방울
이슬져 내리어

역사의 강을 터놓았네.

풍선

그렇다. 그렇다.
하늘하늘 솟아오르는
밝은 길목의 동신(童神)이
따뜻한 아지랑이 속에
머리 저어 솟아오른다.

소리 없이 바람에 날리며
둥실둥실 위태로운 하늘에
붉히며 가는 얼굴이
모든 꽃망울을 찾아가
부딪치며 일깨워
말없이 어루만지고

그 실(實)은
조용한 함성으로
바라보는 아이들이
늦잠에 든 어른들을
일깨우며 우리 마을과
하늘 사이를 이어가는
하늘하늘한 햇살의

유람선.

못 다한 보답

뜨락에 피어난
일년생 화초에
내 어머님의 웃음이 핀다.

실바구니에
고운 색실이 가득
내 어머님의 얼굴이 주름진다.
툇마루 밑에
외로운 고무신 한 켤레
한숨 짓는
내 어머님의 영상이 어린다.

한평생 숨겨온
어머님의 눈물 속엔
영원히 살아남을
값진 생명의 신앙
오늘도 날아간
비둘기의 화평 속에
'마리아'의 성령이 내린다.

세상의 모든 어머님을
세상의 모든 자식들이
손 모아 받들어도
마지막 날까지
못 다할 보답,
오월이면
한 다발 '카네이션'이
못 다한 보답을 대신해준다.

계시나 안 계시나
항상 우리 마음속에
같이 웃고 울어주는
어머니, 어머니.

격전지

하늘은 높이 높이 구름을 끌어올리고
지금, 은하를 넘어서는 피안의 노을.

우뚝 감나무 한 그루 산마루에
토실토실한 결실의 계절이어니.

마구 연가를 부르고 싶은 등성이에서
휘돌아치는 다리를 가누지 못하여
숲속 바위 밑에 몸가늠할 즈음……

의젓한 귀뚜라미의 턱수염
두어 번 들먹여보는 것이나

역시 지층은 쉴 사이 없이 불똥이 되어
유동하는 강줄기를 은하에 잇대느라고
멍멍히 메어가는 귀통을 때려부순다.

지층은 울다 못해 감나무 뿌리를
속으로 속으로 휘몰아 몰고
후드둑 떨어지는

아, 붉은 과실이여.

낙과한 그의 모든 조직은 마비되고
그의 우주는 저항 없이
언덕바지를 굴러내리고.

덩어리 덩어리 우리의 허약한 육신은
회색수연(灰色水煙) 속에
천국의 음계를 오르내리듯,
먼 태양을 운하하는
새벽 안개 속에
구름은 화염보다 진하다.

낙엽초

가을의 모든 시계를 주장(主掌)하는
무수한 낙엽을 찾아 나가자
쌀쌀한 바람이 불어와
수멀수멀 물결을 일으키고
그 깊이에
뜻없이 흐늘대는
나와 내 그림자가
조용히 포옹하며
울음이 되고
지나간 세월을
손짓하는 숲속의 형상들.
아, 메말라 쌓이는 함성이여.

한여름
산 너머 소나기 오듯
내 번쩍이는 눈물은
또한
어디서부터 비롯함일까?
아 떠나버린 나의 애정,
낙엽이여.

순수의 성채(城砦)

홍용희(문학평론가)

박이도의 시세계는 초록의 광채, 향기, 교성이 어우러진 자연의 사원이다. 그는 여기에서 영혼의 순수와 평온을 향유하고 꿈꾼다. 그에게 자연 세계는 시원의 생명의 건강성과 충일감이 구현되는 신생의 영토이다. 그래서 그가 숲과 구름, 짐승이 어우러진 풍경을 노래하는 것은 가장 본원적인 자신의 삶의 정체성의 회복을 갈망하는 의미를 지닌다. 그의 시세계에 등장하는 자연이 일관되게 신성한 비경을 자랑하거나, 준엄한 진리의 음성으로 비속한 현실의 삶을 질타하는 객체적 대상이 아니라, 인간 삶의 가장 원형적인 터전으로 등장하는 주된 이유가 여기에 있다. 그는 현실세계가 탐욕과 쟁투로 얼룩질수록 더욱 깊이 순연한 자연의 숲을 갈구하고, 더 나아가 스스로 자연의 대상물이 되고자 한다. 그에게 자연 세계는 현실의 비속성과 상대되는 순수의 성채(城砦)로서 존재한다. 이 순수의 성채가 그의 시적 상상력을 길어올리는 언어의 우물이다. 그의 데뷔작인 다음 시편은 이러한 특성을 선명하게 드러낸다.

우리 황제의 눈은 멀었다.
아직 거느리지 못한 대륙을 위하여
병정을 보내고 또 보낸다. 살아 있는 한
저 멀고 먼 지평을 넘고, 수평을 넘어
끝없는 정복을 위해 살아 있는 한
그는 잠시도 왕관을 벗을 수가 없었다.
조용한 오수(午睡)의 비밀을 끝내 모르고
피로한 얼굴에 주름살이 잡혀갔다.

(……)

우리 황제는 모른다. 성 밖의
그 황토와
이슬과
구름과
햇빛으로 생성되는
찬란한 또 하나의 영토를
그는 모른다.

파아란 하늘, 그 주변에 팽창하며
푸른 이파리를 거느리고

살랑살랑 불어오는 바람을 잡아먹고
확장해가는 고요한 영토를
그는 진정 모른다.

(……)

황제와 내가
침입할 수 없는 지금,
나는 죽어 나는 죽어
다시 그 안에 살고 싶구나.

　　　　　　　　　　—「황제와 나」중에서

　위 시는 황제의 성(城)과 그 성 밖의 "또 하나의 영토"가 뚜
렷한 대위를 이루고 있다. 황제는 권력과 정복의 왕관만을 추구
하는 탐욕의 화신이다. 그는 "저 멀고 먼 지평을 넘고, 수평을 넘
어" 자신의 성(城)을 웅대하게 확장시켜나간다. 그러나 황제의
성이 광활해질수록 더욱 그의 눈은 멀어지고, 얼굴의 피로한 주
름살은 깊이 패어간다. 황제가 자신의 탐욕의 영토를 확장하는
일이 역설적으로 자신을 고립과 소외의 궁지로 함몰시키는 과
정이 된다. 그는 육중한 자신의 성에 싸여 '황토/·이슬/구름/
햇빛'의 화음이 생성시키는 "찬란한 또 하나의 영토를" 끝내
알지 못하기 때문이다. 시적 화자가 반복하는 "황제는 모른다"
는 어사는 황제에 대한 연민과 동정의 음조를 더욱 애절하게
심화시키면서 동시에 '파아란 하늘/푸른 이파리를' 거느린
"고요한 영토"의 순수성을 절대화시키고 있다. 황제의 성과 "고
요한 영토"는 서로 "침입할 수 없는" 극한적으로 상반되는 대립

적 공간이다. 여기에서 성벽은 절대 순수와 무한한 탐욕의 이분
법적인 경계선으로서 존재한다. 황제가 탐욕의 왕령(王領)을 쌓
아올렸다면 시적 화자는 순수의 성채를 일구어놓은 것이다. 시
적화자는 죽어서도 '성 밖의 제삼 왕령'에서 간절히 살고 싶어한
다. 그래서 시인은 "이 많은 나무와 / 짐승과 새들의 목청을 합해
서 / 세계의 끝까지 퍼지도록 / 이 숲속의 교성을 / 나는 지휘하고
싶구나"(「돌아오지 않는 화살」)라고 외치기도 한다. 그에게 '제삼
왕령'은 시적 삶의 존재의 처소이며, 동시에 지속적으로 그의 시
세계의 본령을 규정하는 원적(原籍)이다. 실제로 박이도의 시세
계가 추구하는 본원적인 순수와 자유의 세계에서 "제삼 왕령"은
항상 전범의 중심지대를 이룬다. 그러나 시인의 시적 상상의 거
점인 "이슬과 / 구름과 / 햇빛으로 생성되는" "제삼 왕령"은 절대
순수의 세계에 해당하는 것으로서, 구체적인 현실의 실재 세계
와는 거리가 멀다. "제삼 왕령"의 성벽은 세속적인 현실세계에
대한 직접적인 부정, 거부, 배제의 원리를 토대로 형성되었기 때
문이다. 박이도의 시세계가 외부의 시대적 상황의 변화와 무연
한 특성을 보이는 주된 이유도 여기에서 찾을 수 있다.

한편, 그의 시적 삶의 준거인 절대순수의 공간은 어디에서 만
날 수 있을까. 이때 그는 자신의 삶이 그대로 자연이었던 "회상
의 숲"을 향한다. 누구에게나 유년 시절의 추억세계란 생래적
감각의 차원으로 확인되는 기쁨과 은총, 순진무구함의 정수가
아니겠는가. "제삼의 왕령"에서 살자고 하는 그가 "밤바다에 닻
을 내린 / 목선의 꿈처럼 / 뒤척이는 물소리에 사라진 / 내 어린 그
림자의 행방"(「회상의 숲 1」)으로 잠겨드는 것은 자연스런 행로
이다. 그는 동심의 심성으로 유년 시절의 연대기에 진입한다.

조그만 손으로 눈을 가리고
호랑이 흉내를 하던 나의 과거를,
옥수숫대로 안경을 만들어 끼고
신방을 차리던 볕바른 토담에
까치옷과 부딪쳐 눈물 흘리고
나의 생가를 둘러선
밤나무 숲속에서
가슴 졸이던 유년 시대

—「회상의 숲 1」 중에서

　시인의 "회상의 숲"을 향한 산책길은 "생가를 둘러선 밤나무
숲"을 중심으로 전개된다. "호랑이 흉내를" 내고 "옥수숫대로
안경을 만들어 끼"던 유년 시대란 시인 자신이 바로 작은 "동물
의 일종이었"(「회상의 숲 5」)던 시기이다. 그는 "밝은 수채화"
같은 "회상의 숲"을 거닐면서 "지혜의 은도(銀刀)가 빛나"는 생
기를 회복한다. 그의 유년 시절에 대한 묘사가 매우 강한 생동
감을 띠는 배경도 여기에 있다. "신방을 차리던" 소꿉장난은 실
재 현실의 애틋한 욕망으로 달아오르기도 한다.

만주로 이사 간
절름발이 에미나
마을에도 교회에도
학교 가는 길가에도
보이지 않는 에미나
왜 보고 싶었는지,
푸른 밤의 별빛처럼

이유야 없었지.

—「회상의 숲 2」중에서

"만주로 이사간/절름발이 에미나"란 매우 고답적이고 향토
적인 묘사가 화자의 유년기의 소박한 순정을 효과적으로 드러
낸다. "절름발이 에미나"는 만주로 이사를 떠났다. 그러나 유년
의 화자는 '마을/교회/학교 가는 길'을 유심히 살펴본다. 보
고 싶은 마음이 대상의 부재의 공간을 다시 돌아보게 한 것이
다. 왜 그토록 보고 싶었을까. 화자는 "푸른 밤의 별빛처럼/이
유야 없었지"라고 진술한다. "푸른 밤의 별빛"은 어떤 의문의
여지를 허용하기 이전에 이미 찬연한 아름다움의 광채, 그 자체
로 상대를 매혹시킨다. 여기에서 "푸른 밤의 별빛"은 "보이지
않는 에미나"를 그리워하는 소년의 아름다운 마음을 표현하기
위한 시적 상관물이다. 다시 말해, 이 시에서 "푸른 밤의 별빛"
은 소년의 "절름발이 에미나"에 대한 순진무구한 연정을 머금
은 채, 반짝이고 있는 것이다.

"푸른 밤의 별빛"에 이르는 시인의 새맑고 투명한 감수성은
그리운 추억의 대상에서 뿐만 아니라 현존하는 사물에까지도
동일하게 적용된다. 불길하고 두렵고 공포스러운 터부의 대상
물인, 익사(溺死)한 시체를 두고도 시인은 다음과 같이 환상적
으로 아름다운 연가를 그려낸다.

누구와 살다 이세상을 떠났나
못 이뤘던 사랑이 파도에 밀려나와
수런대는 갈밭에 보름달을 띄웠네.

육신은 어찌할꼬
달빛에 드러난 저 얼굴,
울고 가는 기러기 사연에
외롭다 하직하는 낙엽 속에 묻어라.

찬비 오는 하늘에 오를까
해밝은 모래밭에 누울까
의지할 곳 없는 영혼
가을꽃에 숨어라
가을꽃에 숨어라.

—「익사」전문

　전경에 해당하는 1연은 두 대목으로 나누어진다. 1행은 화자
의 자문이고, 2, 3행은 그에 대한 자답이다. 익사한 한 시체가
파도에 밀려나와 갈밭에 누워 있다. 화자는 "누구와 살다 이 세
상을 떠났나"라고 자문하고, 스스로 "못 이뤘던 사랑" 때문에
죽었을 것이라고 단정한다. 파도가 흔적도 없이 사라질 뻔한 미
완의 사랑의 육신을 갈밭의 "보름달" 아래로 밀어올린 것이다.
"보름달" 아래 "갈밭"이 "수런대"기 시작한다. 못 이뤘던 사랑
에 대한 아픈 연민과 안타까움 때문이다. 갈밭과 보름달의 풍경
이 인간의 고독한 숙명과 허무의 분위기를 더욱 서늘하고 처연
하게 심화시키고 있다.
　2연에서 화자의 자문은 계속 이어진다. "육신은 어찌할꼬 / 달
빛에 드러난 저 얼굴". 여기서 특히 2행의 "달빛에 드러난 저
얼굴"은 감상자의 호흡을 중지시키는 분절을 통해 화자의 무의
식적인 충격과 두려움을 드러낸다. 화자는 달빛에 모습을 드러

낸 시신의 얼굴을 보면서 이를 땅에 묻어 영영 이승으로부터 떠나보내야 한다는 사실에 새삼 놀라고 있는 것이다. 이것은 죽음의 단절에 대한 본능적인 공포이면서 미완의 사랑에 대한 절박한 애처로움이다. 화자의 애처로운 심정은 3행에 이르면 가을 하늘의 "울고 가는 기러기 사연"으로 전이되어 객관화된다. 울고 가는 기러기는 화자에게 "외롭다 하직하는 낙엽 속에 묻어라"라는 사연을 전언한다. 이 기러기의 사연에는 목적어가 생략되어 있다. '외롭다 하직하는 달빛에 드러난 저 얼굴을 낙엽 속에 묻어라' 라고 해독하는 것이 적절하다. 이렇게 보면, "외롭다 하직하는"의 형용사절은 "달빛에 드러난 저 얼굴"을 수식한다. 왜 기러기는 익사한 시신을 낙엽 속에 묻으라고 당부하고 있을까. 그것은 늦가을날 무리를 지어 떨고 있는 낙엽 역시 "외롭다고 하직"하는 슬픈 존재자들에 다름 아니기 때문이다. 익사한 시신과 낙엽은 동위체계를 이루는 것이다.

이제 육신은 낙엽 속에 묻었으나 그 영혼은 어찌할까. 죽음의 제의절차가 여기에 이르자 화자의 슬픔의 정서가 가파른 격정으로 치솟는다. 시상의 전개가 마치 진혼굿의 넋두리의 나열처럼 빠른 호흡으로 전개된다. 3연에 오면 감정의 적절한 통어기제로 작용하던 1연과 2연의 자문과 자답의 마디절과 한 행을 두 박자로 나누는 유장한 가락이 무너지고 있다. 3연은 한 행이 한 걸음의 빠른 장단으로 읽혀진다. "찬비 오는 하늘에 오를까/ 해밝은 모래밭에 누울까". 그러나 "의지할 곳 없는 영혼"이 편히 쉴 곳은 어디에도 없다. 이때 화자는 영매의 목소리로 "가을꽃에 숨어라/ 가을꽃에 숨어라"고 노래한다. 못 이룬 사랑의 한(恨)이 결국은 가을꽃으로 피어나고 있는 것이다.

이렇게 보면, 3연으로 이루어진 이 시는 육신은 낙엽이 되고

혼령은 가을꽃이 된 미완의 사랑에 관한 신비하고 곡진한 서사를 감싸고 있다. 그리고 우리는 동화적인 상상력에 가까운 "익사"(죽음), "낙엽", "가을꽃"으로 연결되는 미완의 사랑 이야기에서 다시 한 번 박이도의 순백한 내면세계를 읽을 수 있었다. 다시 말해, 「익사」의 순도 높은 서정세계에서 보여주는 시적 상상력은 박이도의 "밝은 수채화" 같은 유년 시대의 "회상의 숲"의 연장선에 놓이는 것이다.

그러나 시인이 살아가는 현실은 "푸른 밤의 별빛"(「회상의 숲 2」)이 삶의 지표가 되는 원형의 순결성이 훼손된 지 이미 오래다. 세계의 현실은 탐욕과 패권의 미망을 표상하는 "황제의 성"(「황제와 나」)에 복속당하고 있는 형국이다. 이제 더이상 "나는 길가에 쓰러진 취객도 아니며 / 숲속을 걸어가는 / 한 마리 환상의 짐승도 아닌 / 엄청난 현실에 던져진 / 초탈할 수 없는 사유의 감옥에 / 울고 섰는 수인(囚人)"(「돌아오지 않는 화살」)이다. 시인에게 삶의 일상이란 "무섭고 싫증나는 일만 생각 키우는 / 답답하고 지루한 하루"(「어느 여름 나절」)의 반복적인 굴레일 따름이다.

팔월의 강산은 돌무덤 같은 것. 조용하고 두렵다. 우기의 숲속을 헤쳐가면 환상의 비늘 같은 자각의 눈이 트여온다. 아프게 뽑아버린 유치(乳齒)의 모습. 잎으로 흔들리는 시공의 집념을……나는 상실하고 말았다.

소중했던 사철나무
지금 손안에 획득할 수 없는
나의 세계로 돌아오지 않는 땅.
별들의 눈물 더불어

떨구어 버린 사신(死神)의 그늘에
그립다— 말하며
나는 발 밑에 쓰러져버릴 것인가?

—「북향(北鄕)」 중에서

화자는 "팔월의 강산은 돌무덤 같은 것"이라고 규정한다. "별들의 눈물 더불어" 세상은 "푸른 밤의 별빛"(「회상의 숲 2」)이 사라지고, "사신(死神)의 그늘에" 뒤덮이게 되었다. 완전히 "나는 상실하고 말았다". 화자는 깊은 비애와 절망에 젖어서 "그립다— 말하며 / 나는 발 밑에 쓰러져버릴 것인가?"라고 반문한다. 이러한 비탄의 주된 원인은 "소중했던 사철나무"의 세계가 영영 "나의 세계로 돌아오지 않는 땅"이 된 결락의 상황에서 비롯된다. 여기서 "지금 손안에 획득할 수 없는" "소중했던 사철나무"의 세계란 직접적으로는 시인의 잃어버린 북쪽의 고향(北鄕)을 가리키며, 궁극적으로는 잃어버린 행복한 삶의 원형성을 상징한다.

삶의 일상성이 "진실"의 빛이 퇴색한 상실의 공간으로 여겨질수록 시인은 점점 더 가슴 아픈 결핍과 비애에 젖어들게 된다.

울고 싶은 밤이다.
먼 강가에 서린 정적을
밤 낚시꾼의 헛기침이
조용히 파문지는 수면에
피를 토해 달을 그리듯
나의 진실을 울고 싶은 밤이다.

—「오열」 중에서

눈물이 흐르고 있다는 것은
나는 아직 살아 있다는 것.
트인 하늘이며, 어느 산 밑으로 향하여
감격할 수 있는 불면의 눈은
화끈히 달아오르는 불덩이.

(……)

눈물이 흐르고 있다는 것은
아주 먼 날들을 더듬어
훈훈한 초원으로 풍기는 바람 속,
생명으로 이어오는
많이 반짝이는 별처럼
나는 아직 살아 있다는 것.
생각한다는 것.

— 「눈물의 의무」 중에서

　진실, 순수, 자유, 생명과 이에 맞선 허위, 비순수, 수인(囚
人), 주검 등으로 계열화되는 이항대립의 구도에서 전자가 후자
에 제압되는 상황을 앞에 두고, 화자는 속절없이 눈물을 흘리고
있다. 그의 눈물은 세속세계에 피투된 자신의 실존에 대한 고독
과 연민이면서 동시에 스스로 자신이 세속적인 미망과 거짓 일
상으로부터 깨어 있음을 증거하는 것이기도 하다. 그래서 "눈물
이 흐르고 있다는 것은/ 나는 아직 살아 있다는 것"(「눈물의 의
무」)의 확인의 의미를 지닌다. 다시 말해 화자의 "피를 토해 달

을 그리는" "울고 싶은 밤"의 심적 고통은 "반짝이는 별"과 같은 순정성을 스스로 지키기 위한 내적 고투의 산물이다.

그의 시세계가 쓰여지는 자리는 세속적인 현실에 대한 직접적인 부정과 거부의 공간이지만, 결코 현실에 대한 첨예한 저항과 응전의 양식을 보이는 경우는 없다. 그의 시적 삶은 항상 내면적 심연의 길을 향해 뻗어 있기 때문이다. 따라서 박이도의 시세계가 세속화된 외부세계에 대해 비감어린 "눈물"을 통한 대응이 지나치게 유약하다는 지적은 온당치 않다. 여기에서 정작 중요한 것은 그가 연마해가는 순수와 자유의 언어의 순도와 그 반사력에 있다. 그의 시가 소중한 빛을 발산하는 자리는 여기이다. 그의 시세계는 인간 삶의 가장 본래적인 평화와 자유의 언어를 통해 순결성을 상실한 현실세계와 이러한 세계를 지탱하는 불온한 체제와 문법에 진지한 성찰을 유도하는 길로 향해 있는 것이다.

그렇다면, 우리는 이 지점에서 다음과 같은 의문을 제기하게 된다. 시인의 비속한 현실에 대한 절망으로부터의 구원과 순연한 시적 삶의 정체성을 지속적으로 보존하고 기운생동시킬 수 있는 배경은 무엇일까. 이러한 의문은 그의 시적 삶이 뿌리내리고 있는 내면적 심연의 근원지에 대한 규명과 직접 관계된다. 종교적 신성의 세계가 그 해답이다.

> 달빛 흘러내리는 지평을
> 거닐며 거닐며
> 끝없이 뻗어간 시야에
> 광채를 더하자.
> 그리고 오래오래 생각하자

신의 영역에까지

—「방」중에서

"달빛 흘러내리는 지평"의 먼 끝에 희미하게 "신의 영역"이
자리잡고 있다. 그의 시적 삶의 길은 "커다란 신의 그림자를 따
라"(「발견」)가는 그리움과 갈망의 행로에 비견된다. 다시 말해
박이도의 시적 본령은 종교적 신성성의 층위와 궁극적으로 잇
닿아 있는 것이다. 이 종교적 신성성의 층위가 그의 시적 삶을
외부세계의 허위와 미망의 불순함으로부터 보호해주고 활성화
시키는 좌표로 작용했던 것이다. 박이도는 인간 삶의 가장 본령
적인 평화, 자유, 순수의 세계를 "신의 영역에까지" 천착하여 열
어나가고자 한다. 그가 추구하는 기쁨과 은총이 충만한 절대 순
수의 영토는, 결국 세속과 신성의 세계를 연결하는 거룩한 성현
(聖現)의 지대, 즉 성소(聖所)로서의 위상을 지닌다. 종교적 세계
관에서 성소는 탈성화된 현실세계를 신생시키는 제의적 정화의
공간이다. 여기에 이르면, 박이도의 시세계는 궁극적으로 비속
화된 현실에서의 신성성의 재생과 회복을 위한 간구와 소망의
의미를 지님을 알 수 있다. 이러한 면모는 그의 절대 순수를 지
향하는 시적 삶의 치열성이 도달한 정점이면서, 동시에 비속한
일상성의 굴레에서 느끼는 절망과 비애로부터의 자기구원의 도
정이다. 또한 그가 펼쳐놓은 종교적 신성성에 육박하는 순수의
성채(城砦)는 허위와 미망의 일상성에 길들여진 우리들의 실체
를 거울처럼 명징하게 비추어주고 정화시키는 사원이기도 하다.
박이도의 맑고 투명한 시세계에서 우리가 자신의 가장 근원적
인 생명원상의 세계를 발견하고, 꿈꾸고, 향유할 수 있는 배경
이 여기에 있다.

회상의 숲
초판인쇄 · 1998년 3월 20일
초판발행 · 1998년 3월 27일
지은이 · 박이도 / 펴낸이 · 강병선
펴낸곳 · (주)문학동네
주소 · 110-521 서울시 종로구 명륜동 1가 31-9
　　　　www.munhak.com
출판등록 · 1993년 10월 22일 제22-188호
전화번호 · 765-6510~2, 743-2036, 743-9324~5
팩스 · 743-2037

ISBN   89-8281-112-5 02810
* 잘못된 책은 바꿔드립니다.